세상에 닿는
작은 빗소리

조 영 시집

조 영 시집
세상에 닿는 작은 빗소리

초판1쇄 2024년 03월 15일

지은이 / 조   영
펴낸이 / 이규종
펴낸곳 / 해피&북스
등록번호 / 제2020-000033호
등록된곳 / 서울시 마포구 토정로222
          한국출판콘텐츠센터 422-3
전화 / 02-6401-7004
팩스 / 02-323-6416
이메일 / elman1985@hanmail.net
홈페이지 / www.elman.kr

ISBN 979-11-981192-1-6

값 12,000 원

세상에 닿는
작은 빗소리

조 영 시집

목차

2부

내 삶에 딴지를 걸지 않았다, 아무도

목차

3부

모든 삶의 선택은 내 결정이었지만
내 의지대로 되는 것은 아무것도 없었다.

4부

산 문

 2020년도를 시작으로 2022년까지 코로나의 열풍으로 많은 사람이 아픈 시간이었다. 지금도 그 여파는 남아있지만 아이러니하게도 내게는 기쁨과 행복의 시간이기도 했다. 코로나로 인해 세상이 힘들었던 2년 5개월 정도의 시간을 빌리어 "하나님과 가까이함이 내/네게 복이라" 시집을 출간했기에 내게는 떨림과 설렘의 순간들이었다. 그 후 우리 성도님들과 마음을 공유하면서 하나님과 함께하는 축복의 날들을 보내고 있다.

 가슴으로만 염원한 성경 시집을 출간했지만 한 가지 아쉬움은 남아있었다. 오랫동안 묵혀두었던 글 꾸러미를 몇 번이나 끌러보며 어떠한 여건이라는 핑계로 출간의 엄두조차 내지 못했던 글들이 있었다. 여건이라는 게 어쩌면 감추고만 있던 나를 드러내놓기가 부끄러웠을 것이다. 하나님께 올리는 글, 한 권의 책으로 인해 나의 부족함 또한 쓰임이 있음을 알았기에 이 글 역시 망설임은 내려놓기로 했다. 10여 년이란 시간 속 끄적거림의 결과물 또한 나인 것을, 이 글을 마무리하고자 한다.

작가 조 영

1부

세상에 닿는 작은 빗소리

소녀는 아카시아나무를 좋아했다
소녀의 집 앞 한그루 키 큰 나무는
소녀에게 아낌없이 주었다
친구가 되어 주기도
작은 놀이터가 되어 주기도
소꿉놀이 언덕이 되어 주기도
학교를 갔다 오면 소녀는 나무에게
잘있었니
말을 건네기도 했다
나무는
아카시아 향기도
달콤한 꽃잎의 맛스러움도
여러 개의 나뭇잎으로 놀이의 재미도
뜨거운 햇살을 막아주는
시원한 그늘의 역할도
마다하지 않고 다 주었다
아카시아 몸 구석구석 맨들맨들 헤진 자국
고스란히 남아있는 치댐의 흔적들
소녀는 받기만 했는데
언제나 그 자리에 버티고 서 있는 나무이기에
소녀는 나무의 고마움을 알지 못했다
소녀는 어른이 되었고
아카시아 나무를 잊었다

어느 봄날 우연히 천지를 진동하는
아카시아 향내를 맡았다
소녀의 눈에 눈물이 고였다

원규

허리께까지 함박눈이 오던 날
원규는 소녀를 업고 학교로 걸어갔다
걸어가는 걸음걸음 삼십여 분
눈 위에 발자국은 보이지 않고
커다란 구멍만 덩그러니
원규의 힘든 걸음은 소녀를 잠들게 했다
소녀는 다락방에 누워 작은 창가로
온 세상의 하얀 칠을 보며
팅커벨이 되어 날아가고
싶었다
오들오들 떨며 앉아
빨갛게 달아오른 작은 얼굴로
교실의 꼬맹이들
다시 집으로 되돌아오는
원규의 등은 따뜻하기만
했는데

원규2

김치 한 가닥 발라내는 사랑
참빗에 걸려 나온 서캐에 희열의 사랑
팔꿈치 때 한 움큼의 하얀 사랑
찰과상 쬐끔에 눈물 박힌 사랑
한밤 무서움도 마다치 않고
골목길에 나와 떨며
끌어안는 사랑
주고 싶어
모자라다 모자라다
속이 쓰라린 사랑
가슴팍에 맺혀있는 사랑

원규3

어서무 마이봐
잔칫집으로 날 데려간 엄마
기다란 상 한쪽 귀퉁이에 앉혀놓고
연신 눈치를 보며
음식을 쥐여주던 엄마
마이무 어서봐 더봐 하며
내 어깨를 문지르던 엄마
손님들에게 음식을 나르며
바쁘게 움직이는 순간순간
내가 잘 먹고 있는지
멀리서 눈짓 보내던 엄마
엄마의 그 모습이 그 목소리가
지금도 선한
50년이란 시간
이제사 엄마의 그리움에
고개 들어보지만
없다 어디에도 없다
우리 걱정을 안고
제대로 가지도 못했는데
붙잡지도 못했는데
아무것도 한 게 없는데
끊임없이 달라고만 했는데
이제는 한 끼의 밥이라도
차려드리고 싶은데

내 딸

올망졸망 작은 두 손은
매일매일 요술이 쏟아지고

오물거리는 볼 안에는
초록보석이 향내를 풍기네

초롱초롱 두 눈망울은
세상이 가득 담겨있고

갸우뚱거리는 작은 머릿속엔
천지가 요동치네

팔락거리는 가슴엔
어떤 비밀이 숨겨져 있기에

첫사랑 애인을 만나듯
날마다 설레는구나

호수

왜 이리 맑니
고즈넉한 얼굴에
적막한 미소로
석양이 내리쬐는 반사에
한껏 모양을 내며
마치 해수면의 소금끼가
띠를 두른 듯
가만히 손가락 하나를
대어보면
금새 흐트러질세라

엷고 투명한 미소
하얀 자태
돌을 던지면 쨍
반기를 들까 봐
산새의 울음소리도
풀들의 속삭임도
살짜기 품고 있는
너의 고요함이
흐트러질까봐
살그머니 지나가네

다락방

이사를 간다
다락방도 가져가자며
겨드랑이를 파고드는
네 살박이 딸아이의 수줍음
웃었다
스무 살이 될 때에도
다락방은
웃음이 되어
이사를 간다

그녀

그녀의 뒷모습이
서러워
그녀의 노랫소리에
눈물짓는 건
청아한 목소리가
아니다
자그마한 몸의
열정이다
고개 숙인 열정이
때 아닌 곳에서
연거푸 쏟아지는
자괴감인 것을
몸서리치게
식을 줄 모르는
열정에
아파한다

그녀2

그녀는 웃는다
어두운 그림자에 쌓인
살아온 날들의
피맺힌 옭매임
오늘도 그녀는 웃는다
어두운 미소로
큰 웃음을 내뱉는다
엄마도
아버지도
언니도
남편도
사랑으로 뭉쳐진 햇살들이
온통 그늘로 엮인 찰거머리
그래도 그녀는 웃는다

고백

휘장에 가려진 듯한
오래된, 새로운
일상의 기적 같은
설렘입니다
어쩌면 감당치 못할
당혹감일 겁니다
그 앞에선
내가
아니게 됩니다
머릿속은 하이애지고
그 무엇도
기억해낼 수가 없습니다
고백하라고 했습니다
아무것도 말할 수 없게끔
그 황막하고 휑함 속에서
비라도 내렸으면 했습니다
끝내 아무런 말도
하지 못할 겁니다
나만의 설렘
나만의 그리움
나만의 기적이니까요

고백2

삶은 기습의 연속입니다
언제 어디서 느닷없이 덮치는
속수무책임을 자인합니다
손에 닿을 수 없는
먼 세계 속에 있는 듯
손가락 하나도 댈 수 없는
무력감에 빠집니다
모습이 그리워
줄곧 기억을 더듬어보지만
좀체 떠오르지 않습니다
겹쳐놓은 영상의 흐트러짐뿐
익숙함을 찾아 퍼즐을 해보지만
쉽사리 연결되지 않습니다

입대

까맣게 타오르는
햇살 속에서
넘어지고 깨어지는
아픔도
짓눌리는 자존의
뭉개짐도
고개 숙인 눈물 한 방울로
씻어내는
그대 이름은 청춘

나는 누군가
너는 누구인가
교류의 정체성도
잊은 채
행군의 헉헉거리는
신음 소리도
고개 들어
한 번의 웃음으로
털어버리는
그대 이름은 청춘

칠흑 어둠의 고요 속
검은 하늘 바라보며
빛나는 훗날을 기리는

오늘도
같은 하늘
같은 별
보고 있을 그녀를
그리며
빙긋이 웃음 짓는
그대 이름은 청춘

지천명

설레질 않네요
울렁거림도 없네요
흩어지는 바람도
공허한 소리일 뿐이네요

덕수궁의 돌담길도
창가에 부딪히는 빗방울도
사각사각 잎새 소리도
마냥 을씨년스럽네요

뭇 남정네들의 눈길도
오후 나절 땅거미도
울림이 없네요
시리질 않네요

갈매기

바다다
옅고 푸르고 잔잔한
태양 열기에 진정한 색깔을
잊어버린 듯 슬프게 웃는다
가까운 물속 야트막한 바위
갈매기 두 마리 사랑을 나누며
기쁘게 울먹인다
바다에 취해 웃기도
갈매기 사랑 놀음에 울기도

물 위에 떠 있는 자그마한 바윗돌
가만히 미동도 없는 한 갈매기
마치 그림 마냥
마치 조형물인 양
누굴 기다리는지
뜨거운 열기를 받아내며
망부석이라도 되려는지
자리를 지키며
먼 허공을 응시하며
가끔 머리만
갸우뚱거리는 기다림

구멍가게

빛바랜 빨간 우체통
한쪽엔 꼬맹이들의 게임기
앉은뱅이 의자에 앉아
보이지 않는 아이들의 손놀림
낡은 칸막이에 꽂혀있는
울긋불긋 문구들의 때 쩔은 상자
눈길을 끄는
수상한 토이들
아이들이 홀리는 단내를 찾아
일렬로 움직이는 개미 떼
누렇게 색깔이 바랜 평상
눈꺼풀이 내려앉아 졸음으로
홀로 앉은 노인
살금살금 눈치를 보는 아이들
한가로이 날카로운 노인의 눈빛에
화들짝 놀라 줄행랑치는 옛 아이들

자연에 눈뜨니

세월에 짓눌려
하늘이 온통 잿빛으로 물들어
갑갑해 나왔더니
한 아름 분홍빛 실크로드를
펼쳐주니
웅크린 가슴이 활짝 열려
말문이 트이네

누구도 이 통과의례를
거스르지 못해
가슴에 통곡하니
가만히 다가와
말없이 토닥거리니
그저 눈물로만 화답해 보네

반지하

바지를 흩날리며
종종거리는 아이 떼
시끄러움에 몸을 떤다
조용한 저녁노을에 눈을 맡기니
바구니를 든 어느 여인네의
아랫도리
그들의 발밑에 내가 보일까 봐
몸을 움츠린다
화장실에서도 방에서도
부엌에서도
알루미늄새시 사이로
온갖 눈들의 치열함
울어버리는 아이를 안고
서러움에 두려움에
미안함에 울어버린다

옛 아이들

굽은 허리 휘어진 손가락
검은 반점 사이로
드러나는 누런 살 껍질
새하얀 머리칼 햇빛에
반짝이고
오늘도 앉아 있으려나
또 내일도

날마다 낡은 대문 앞
몇몇이 모여 앉아
고개를 끄덕이기도
이 빠진 웃음을 짓기도
삶은 감자를 입에 넣기도
졸다 고개가 기우뚱거리기도
도란도란 무슨 얘기들을
나누는지

스리랑카 코끼리

큰 몸으로도
아픈 건 매한가지
노동의 착취에
코의 부르짖음으로
거부의 눈물로
몸서리치는구나
누움을 거부하는
넌 고통이 되어
눕는구나
인간에게 뜯기고
인간에게 안겨
그 큰 몸이 울부짖네

목련

우아해서
고귀해서
탐스러워서
부끄러운 듯
우유빛깔 몽우리
만개하지 않은 움츠림에도
결코 수줍은 듯 보이지 않는
때 잊은 봄날 함박 피어버린
소스라치는 아름다움은
홀연히 가버리는 아쉬움만이

새싹

뒤뜰의 미세한
아우성
한 방울 떨어지는
빗방울에도
휘청거리는 속삭임
가만히 만져보니
소낙비에도
버티어낼 만한
옹골찬 생기가
파닥거린다

1001호

맨 앞자리 언제나
지켜주더니

말없이 경외의 눈빛으로
지그시 훔쳐보더니

먼 발자국 소리에
가슴 조여하더니

그 헛손질에
사르르 떨쳐버리니

2부

내 삶에 딴지를 걸지 않았다, 아무도

불혹

불혹의 문턱에 서서
당신을 불렀더니
저만치 가버리는군요
두 손을 넌지시 펴
당신을
붙들어 보았더니
저 저만치 가버리는군요
구름에 가려
햇살에 가려
눈을 뜨고는
볼 수가
찾을 수가
없네요
옆살을 문지르며
손을 내밀 때
애증에
소스라치며 놀랐죠
불혹의 이랑에 서니
환절기에 옷장을 정리하듯
칼날 같은 세상을 향해
상해진 내 상흔을 더듬어
당신의 손을 잡으려 하네요

딸아

꿈이었다 살아있다
니들의 탄생
삶의 빛이었지
이리도 저리도
마구 흔들려대는
끈의 요동에
혼돈의 시간
조금이라도 부여잡아 보는
내 삶의 끈

천갈래 만갈래 찢기는
내 엄마의 부재
눈빛 하나만으로도
무엇도 필요 없던
남편의 부재
이제는 어떡하나
눈물의 시간
니들이라는 기쁨이
탄탄한 끈이 되어
살고 있다

딸아2

꽃을 주었다
꽃의 의미가 없던 내게
한 송이의 꽃으로 말했다
이게 꽃이라고
울었다

모녀

유치했다
너에게로 보내는
눈 흘김
살가운 대화
장난스런 말투
고급스런 언쟁
흩어지고 비켜만 가니
언제나 그 자리에
익숙함에 묻혀
무심히 내팽겨쳐지는
스스로의 가슴에
비수가 되니

개와 늑대의 시간

바람이 분다
비가 내린다
어스름한 저녁 햇살이
무너진다
바람에 허늘거리는 비를
맞아본다
손에 물이 차이고
발에 물이 차이도록
거리낌 없이 흠뻑 적셔본다
이 비에
이 바람에
이 시간에
걷는다
눈물도 걷는다
비도 걷는다

봄이구나

봄이구나
개나리네
벚꽃이구나
진달래도 피었구나
온통 꽃이구나
봄이네
봄이구나
봄이었구나
모를 뻔했구나

단절

없다
끊어졌다
아무런 소리가 들리지 않는다
휴대폰 소리만
티비소리만
가끔씩 이리저리 나다니는
발자국 소리만
단절이다
나만은
아닐거라고
숨죽여 기대했건만
나도다
헛웃음이 나온다
그래 어디에나 있는
이따위 가족이건만
무엇에 기대어
무엇의 연유하에
부질없는 나만의 자부였던가
가족이라는 하찮은 희망

이별

먼 길 떠나는 내게 넌 말하지
가지말라고
휘번덕거라는 내 눈의 광채에
허물어지고
조금만 조금만 기다려달라고
애원하지만
밀쳐버리는 두 손엔 미움만
도사리고
꿈에서 꿈으로 이어지는 내겐
니가 있지만
삶에서 삶으로 이어지는 내겐
니가 없어

이별2

높은 하늘을 날아
잡아보려 하지만
넌 더 높이 있지
내려오라고
내게로 오라고
애원해보지만
온화한 웃는 모습에
살짜기
고개를 흔드네

곁에 있을 때
쏟아부었던
너를 향한 애증
사랑이 미움으로
화하고
미움이 사랑으로
화하는 건
내가 아니야

로맨티스트

선비의 냄새가
좋았다
그 향기에 오랫동안
취해있었다
차츰 그 냄새에
지쳐버렸다
세상은 선비를
원하지 않았다
세속에 익숙해져
머리카락을 팔아
술을 대접하는
선비의 여인네가
아닌 것을
그는 아파한다

동일성

늘 외로워했다
알지 못하는
외로움의 껍데기에 싸여
내기라도 하는 듯
노래지고 칙칙했다
동상이몽의 외로움은
아이덴티티였다
울고 있다
당신의 눈물을 오래 지켜보았다
당신이 아니라 애인이었다면
남편이 아니라 연인이었다면
꼭 안아주었을텐데

그림자

해거름의
그림자로
길게
늘어뜨린
하나의
그림자에
또 하나의
마주보는
그림자는
일직선으로
늘어설 뿐
하나의
그림자로
포개지지
않을 것을

3부

모든 삶의 선택은 내 결정이었지만
내 의지대로 되는 것은 아무것도 없었다,

마지막 꿈

엄마는 내게 주었다
너무 슬퍼하지 말라며
몸을 가누지도 못하는
통증을 안고
잠든 내게 다녀간
마지막 만남을

손을 흔들며
탑승하는 그에게
나도 데려가 달라고
울상을 짓는 내게
다음에 같이 가자며
미소를 짓는 그도
마지막 만남이었다

비애 悲哀

한점 한점
삶들의
하찮음이
세상을
빛낼 때
내 한점의
하찮음도
세상을 향해
별을 만들기를
내 것은
아무것도
없음을
알지만

비애 悲哀 2

서글퍼
고개를 들었다
아무도 없다
서러버
고개를 들었다
그 무엇도 없다
울었다
무엇이 뭔지 몰라
또 울었다
서러버서
자꾸만 자꾸만
고개 들어보지만
잡히는 건 헛손질뿐

편지1

편지를 썼다
그게 아니라며
그런게 아니었는데
어쩌다보니
사는게 외로워서
많이 허전해서
날 말하려는게
내 존재가 너무 흩날려서
상대가 누구이건 간에
그냥 사는 게 그렇다고
내 흐트러짐에
고개를 끄덕이며
처연하게
가만히
들어주기만 하면 되는데
어떠한 측은함도
어떠한 안쓰러움도
필요치 않은데
미안하다고
미안했다고
아파하지 말자고
가만히 가만히
지나가자고

나중에 아주 나중에
한 번쯤 떠올릴 수 있는
승화의 꽃잎에
웃음을 머금을 수 있는
친구가 되자고

혼선

가을이었다
여름에게 가을이 손을 내밀었다
가을은 여름을 찾지만
여름은 가을을 찾지 않는다
가을이 서러워한다
여름은 좋아라 시치미를 떼 본다
결국 놓아버린다
가을은 여름의 우스꽝스러운 몸짓에
당혹스러워한다
손을 훌훌 털어버린다

당신

당신이 가신지를
몰랐어요
혼미한 아득함으로
영혼이 흩날리고
있어요
당신은 간다고 말하지
않았어요
그러니 난 당신을
보내지 않을래요
당신을 그리고
있을 겁니다
언제쯤 참인 당신이
그려지면
그때 당신을 보낼
아주 긴 키스를 하려구요

고해 苦海

바람입니다
여름바람입니다
살갗을 스치는 바람의 냄새가 서럽군요
어딘지 모를 불빛이 곳곳에서 새어 나옵니다
인간의 고해인가 싶습니다
장엄하게 쏟아지는 빗소리가 바람에 묻힙니다
여름의 향내가 추위인 양 사뭇 을씨년스럽네요
여름도 겨울마냥 스산하군요

좌절

지금 내리는 비는
내일의 햇살을
알지 못해
파멸의 먹구름은
예전의 충전
은유의 그물 속에
숨 쉬는

옥상

따가운 햇살에
살덩이가 뜨거워
노오랑 물탱크만이
덩그러니
어지러이 널려있는
비틀어진 화분덩이들
찾는 이 하나 없이
바람에 나부껴
말리어버린 옷가지들
땅거미가
노을이 지니
한 남자가 와
긴 담배를 핀다

공황

찌는 햇살 아래에서
추위에 웅크리고
미물 하나도 이물스러워
무연해하더니
스치는 삶의
한 켠에서
찾을 수 없는
그 어느 숱한 만남에서도
다시는 없을 조우遭遇

넌지시 고개 들어본다
수줍게 고개 숙인
살짜기 머금은 이슬의
가득한 따사로움에
갸웃거리며 내밀어보는 손
파르르 떨며 흩어지는 이슬에
흠칫 놀라 굳어버린
패닉의 전율

컵

올망졸망 밥그릇 국그릇
길고 투박한 각진 그릇
음식찌꺼기를 안은 갖가지 그릇
하나의 탕 안에서
온갖 냄새 쩔은 그들과 부딪혀
뭉개진 동그란 얼굴
시큼한 짠내 기름진 비린내
냄새에 지쳐
물 위에 둥둥 떠 있으려 하지만
어느새 커다란 손 하나가 들어와
물속 밑바닥으로 처박아 버리니

뽀드득 소리가 내몸을 감싸고
물 냄새만으로 그윽한 몸이
또 다시 탕안으로 풍덩 가라앉아 진통을 겪는다
온 종일 물들의 부대낌에 녹초가 되어
한밤중 모두 제자리를 찾아 고요히 잠들어
아침을 기다린다
두 눈 부릅뜨고 밤을 붙잡아 보려하지만
야속한 시간은 아침을 가리키니
나도 컵인 것을 나도 그릇인 것을

가로등

붉은 달이 떠 있다
언제나 그 자리에
어제 이보다 더
이른 시간에도
날이 저문 캄캄한
밤에도
그 어느 때에도

내일도 저 달은
그 자리에
떠 있으려나
붉은 채로
베란다를 거쳐
커다란 나무 사이에
어슷하게 걸쳐져
매양 나를 보니

무의식 사이로
살짝기 내미는
찰나의 의식
눈을 깜빡이니
그 달이, 그 가로등이
나를 향해
웃음 짓고 있네

64

그녀

멍하니 창가에 서 있는 그녀에게
당신은 늘 슬프다고 했어요
쪼그리고 울고 있는 그녀에게
한 개피의 담배를 쥐어주며
환하게 웃으라고 했어요
당신이 고마워 멋쩍게 웃네요

의식의 흐름

거리를 내다보며 앉아 있는 후미진 외딴 베란다
음침한 숲속의 이끼와 같은 공간
파리 한 마리가 갇혀 잉잉거리는 더운 버스 안
멀리 보이는 야산 한 채의 무덤
낯선 시멘트 한쪽 벽 내리쬐는 햇살
모두가 무관한 세상 풍경
사람들끼리 저마다 따로이 존재
고요히 무력하게 자폐와의 투쟁
아기 상태로의 퇴행
마르셀 프루스트 잃어버린 시간을 찾아서

산문

아가페 •

밤 세 시경, 끙끙 앓는 소리가 귓가에 쟁쟁해 악몽인 줄 알고 뒤척거리다 잠에서 깨어났다. 오늘따라 일찍 잠이 들었다. 잠자기 전 집안 마무리에 신경이 쓰여서 꿈자리가 뒤숭숭했나보다 하며 자리에서 일어나 집안을 둘러보았다. 작은아이의 '엄마' 하며 애달프게 부르는 소리에 깜짝 놀라 아이를 들여다보았다. 발개진 아이의 얼굴과 눈에 눈물이 맺혀있는 걸 보고서야 끙끙 앓는 소리가 아이의 소리였음을 알았다.

작은아이가 초등학교 4학년 때쯤으로 기억하는데, 그때도 지금처럼 눈물을 흘리면서 아프다고 했다. 야밤에 응급실로 달려간 우리에게 의사는 뇌수막염이라고 진단했다. 그 아픔으로 아이와 난 5박 6일 동안 병원 신세를 져야 했다. 정말 눈물이 날 만큼 아프지 않고서는 잘 울지 않는 아이였는지라 그날도 예사로 아픈 것이 아님을 짐작하고 아이를 향해 '119를 불러야 할 만큼 아프냐고' 물었다 그랬더니 아이는 울면서 고개를 끄덕였다.

곧바로 가까이 있는 언니에게 전화로 사정을 얘기했다. 두말도 없이 달려와 주었고 우린 병원으로 향했다. 그리곤 급체라는 진단을 들었고 응급치료로 두 시간 정도 병원에서 시간을 보냈다. 집으로 돌아와 아이를 재웠다. 곤히 잠들어 있는 아이의 얼굴은 평화로웠다. 그때야 한시름 놓으며 언니도 집으로 발길을 돌렸다.

언니의 수고스러움에 가슴이 찡했으며 다른 큰 병이 아니었기에 주님께 감사기도 드리며 아이를 꼭 껴안았다. 사랑한다, 너를 사랑하는 것만으로도 엄마에겐 축복이야.

애달픈 내 조카

　학교에서 집에 돌아오니 조그마한 상자 하나가 집으로 배달되어 있었다. 군사우편물이라는 생소한 소포였다. 얼마 전 군에 입대한 오빠의 아들, 조카가 보낸 것임을 알았다. 어정쩡한 손길로 상자를 뜯어보니 조카가 입고 갔던 옷 꾸러미였다. 여름에 입대한 아이의 얇은 옷 몇 가지와 작은 편지 한 장이 들어있었다. 볼품없어 보이는 옷들과 왜소한 옷들의 부피가 마치 그 아이의 모습처럼 여겨져 절로 눈물이 그렁그렁 맺혔다. 언제나 고모들에게 고마워하고 있다며 군 생활 잘하고 오겠다는 편지글에 그만 눈물이 쏟아졌다.

　세 살쯤 되었을 때 조카는 더 이상 엄마를 보지 못했다. 조카의 엄마, 아빠는 아이와는 무관하게 헤어졌고, 그 후 조카의 엄만 한 번도 아이를 찾지 않았다. 조카는 아빠의 잦은 해외 출장으로 인해 많은 시간을 고모들과 함께 보냈다. 한 고모의 집에서 오래 머무를 수 없는 상황이 되면 또 다른 고모네로 옮겨 다니곤 했다. 고모들의 무뚝뚝하고 살갑지 못한 성격 탓에 그다지 애틋한 잔정을 받지 못하고 큰 조카다.

　조카는 엄마의 품을 그리는 긴 시간 속에서 20살의 어엿한 청년이 되었고 얼마 전 군에 입대했다. 아이를 보낼 때 옆에 있어 주었던 내게 조카는 입고 갔던 옷가지와 작은 편지를 함께 보낸 것이다. 서러워서 울었다. 해준 게 없는 데라는 미안함과 조카가 보낸 작은 상자가 마치 그 아이인 것 같아 상자를 안아 들고 하염없이 훌쩍거렸다.

　두 딸을 가진 내게, 군에 입대할 아들을 가지지 못한 내게 이런 군사우편물이라는 황송한 선물을 받게 해주고 마치 아들을 군대 보낸 엄마마냥 기쁨의 눈물도 주었다. 그래 조카야 고맙다. 건강 챙기고 장하게 군 복무하다 오렴, 사랑한다.

비

    어린 시절, 오후부터 비가 내리고 있었다. 수업을 듣는 둥 마는 둥 바깥의 비를 쳐다보며 비가 그쳐주길 간절히 바라는 맘으로 잔뜩 긴장하고 있었다. 엄마가 우산을 들고 교문 앞에서 날 기다리며 방긋 웃어줄까 하는 작은 기대를 안고 정문으로 발길을 재촉했지만 역시 엄마의 모습은 보이지 않았다. 약간의 실망과 함께 하염없이 내리는 비를 바라보며 나와 같은 상황의 아이들과 눈이 마주치면 멋쩍게 웃음을 흘리곤 했다. 그런 아이들은 엄마를 더 기다려 보자는 건지, 비가 그치길 기다리는 건지 마냥 교문 앞에 서 있는 아이들과 그렇지 않으면 교문에서부터 마구 뛰어나가 달려가는 아이들과 뒤범벅이 되어 있었다. 난 빠른 걸음으로 걸었다. 학교에서 집까진 제법 먼 거리였기에, 그런 날은 집에 도착하면 내 몸은 만신창이가 될 만큼 비에 흠뻑 젖어있었다. 비가 오는 날은 언제나 엄만, 날 데리러 오지 않을 거라는 걸 알았기에 일부러 비를 천천히 맞으며 걷기도 했다. 아마도 엄마에 대한 서운이랄까 그런 것에서 온 작은 반항이 아니었나 싶다. 그리곤 집에 가서 마치 많은 비를 맞아 심하게 아픈 아이처럼 이불을 뒤집어쓰고 아픈 척을 해야만 속이 풀리곤 했다. 그러나 엄만 마중을 안 오시는 게 아니라 장사하시느라 못 오시는 것이었다. 지금 생각하면 참으로 죄송스러울 뿐이다.

    어린 시절의 갑작스럽게 내리는 비를 하염없이 맞으며 길을 걸었던 것은, 아무런 대책이 없는 내게 무심하게도 퍼부었던 무정한 비에 '그래 맞아주자'라는 거부의 표현이었던 것 같다. 지금은 오히려 비를 즐긴다. 비가 오길 기다리기도, 비를 맞기도 하며 아주 천천히 걸어보기도 한다. 비가 내리면 창문을 열고 가슴을 열어젖히고 비의 감성에 젖어있기도, 창가에 손을 내밀어 보기도, 장황하게 움직이는 사람들의

움직임을 눈여겨보기도 한다. 이렇게 앉아서 한 줄의 글이라도 끎적
거릴 수 있게 해주는 고마운 비가 되었다.

졸업식

　까만 교복에 하얀 밀가루라니, 참으로 난장판이 되어버린 광경에 선생님들의 고함소리가 저 멀리 흩어진다. 가까이에는 사진을 찍느라 옹기종기, 멀리는 밀가루 천지에 안개가 낀 듯한 풍경이다. 정문 쪽에서는 학생들의 한 개비의 담배 소동으로, 이젠 이러한 행위도 상관치 말라는 궐기가 섞인 듯한 모습에 웃음과 미간이 찌푸려진다. 인생의 시작을 마치 삶의 끝인 것처럼 아이들은 마구 뒤섞여 소리를 질러댄다. 여학생인 딸 역시 거기에 질세라 온갖 소동에 동참하고 있는지라 어디에서도 찾을 수가 없다. 예전에 우리들의 졸업식은 참 많이도 엄숙했었던 것으로 기억하는데, 물론 남학교에선 조금 달라겠지만, 여학교를 나온 나에겐 상상하기가 어려울 정도의 상황을 보니 조금은 씁쓸했다.

　남학생들과 여학생의 차이를 구별하고 판단하고의 문제는 이제 한낱 차별에 불과함을 직접 체험하고 있음이다. 오히려 여학생들에게 주눅이 들어있는 몇몇 남학생들을 보고 있으니 서글픈 생각으로 딸에게 눈살을 찌푸려 보았지만, 괜찮다는 암묵의 신호를 보내며 웃음을 날렸다.

　그래 아들딸들아! 졸업은 끝이 아니라 시작이란다. 스무 살이란 어른의 초입에 들어서는 시작일 뿐, 너희들이 어른이 되었다는 게 아니야. 자유가 과하면 방종이 됨을 항상 염두에 두고. 그리고 여태껏 너희들이 행한 권리가 곧 의무로 바뀐다는 것을 알게 되겠지.

식목일

언제부터인지 달력에 빨간색의 식목일이 파란색으로 화했다. 파란색이 되어버린 식목일은 사람들의 원성을 사기도 했지만, 그날의 쓰임새를 퇴색해 버린 우리에게도 잘못은 잊지 않을까 한다. 나 또한 식목일이 빨간색에서 파란색으로 바뀐 것조차 잊고 있었다.

오늘 아침엔 작은아이와 함께 언젠가 얻어두었던 봉선화 씨를 가지고 뒤뜰로 갔다. 흙을 일구어 약간의 터를 마련해 씨를 살포시 넣고 두 손으로 덮고는 잘 자라기를 바라는 맘과 함께 돌아서려는데 '봉선화꽃은 어떻게 생겼어'라고 아이가 물었다. 생각이 나질 않았다. '어떻게 생겼더라' 멋쩍은 웃음으로 씁쓸한 걸음을 옮겼다.

어릴 때 엄마가 앞뜰에다 여러 가지 꽃들을 심어 봄과 여름이면 다양한 꽃들이 만발했던 기억이 났다. 어쩌면 꽃들과 함께 자랐다고 해도 과언이 아닐 만큼 꽃들의 잔치로 앞마당이 장관을 이루었는데, 봉선화의 모양새를 모른다고 생각하니 픽 웃음이 나왔다. 그리곤 며칠 동안 무슨 큰일을 한 것처럼 틈이 날 때마다 뒤뜰로 나가 싹이 돋았는지 확인하곤 했다. 그러다 아주 귀엽게 옅은 두 잎의 싹을 보고 활짝 웃음을 머금었다. 여건이 된다면 꽃이나 채소, 또는 우리가 흔히 먹을 수 있는 쌈 채소를 심어 보아야겠다.

엄마

'야야! 여기로 이사했나' 눈을 떴다. 저녁 8시였다. 비몽사몽 중에 떠오르는 엄마의 모습이었다. 엄마가 오늘 내가 이사한 집에 찾아왔다. 아픈 몸으로 물어물어 찾아왔다며 나를 불렀다.

암으로 투병 중에 계신 엄마는 오빠네에서 거의 누워 생활하셨고, 자식들에게 부담이 된다고 생각했는지 더 이상 병원도 가길 꺼리셨다. 시댁에서 엄마가 계신 오빠 집으로 거의 매일 들리곤 했는데 오늘은 시댁에서 분가하느라고 가보지 못했다. 너무 늦은 시간이었는지라 내일 가야지 하며 깜빡 잠이 들었다. 엄마의 꿈을 꾸었다. 일어나서 남편을 깨웠다. 꿈 얘기를 하니 남편은 '엄마 걱정이 되어서 그런가보다, 내일 아침에 일찍 가보자'라며 등을 토닥거렸다.

다음 날 아침 출근한 남편이 집으로 되돌아왔다. 그리곤 벌게진 눈으로 날 쳐다보며

"엄마가 돌아가셨대!"

"누구 엄마, 자기 엄마?"

"아니, 장모님"

이사한 직후라 아직 집에는 전화가 놓여있질 않아서 삼촌께서 남편이 출근할 시간에 맞추어 회사로 전화하셨다. 털썩 주저앉았다. 아무것도 생각이 나질 않았다. 남편과 택시를 탔다. 온몸이 풀어져 남편에게 말 한마디도 건네지 못했다. 엄마가 죽다니, 내 엄마가, 그렇게 아파 누워있어도 절대 내 엄마가 죽을 거라는 생각을 하지 못했다.

오빠 집에는 친지 어른들이 와 계셨다. 하얀 광목천이 엄마를 휘감고 있었다. 삼촌이 흰 천을 벗겨주는 순간 거기에는 내 엄마가 없었다. 자애로 가득한 인자한 엄마의 모습은 없었고 살이라곤 하나도 없는 뼈가 앙상한 엄마였다. 볼 수가 없었다. 울었다. 또 울었다. 언니들

이 다 모였으나 우린 우는 것밖에 같이 할 수 있는 것은 아무것도 없었다. 서로를 붙들고 울고 엄마를 쳐다보며 또 울 뿐이었다. 엄마는 먼 길을 갔다. 다시는 우리 옆에 계시지 못할 곳으로 갔다. 엄마에게 우리가 했던 잘못만 기록되어 머릿속에 남아있을 뿐 엄마는 아무 데도 없었다.

우리는 왜 가장 가까운 이들에게 소홀한 것인지. 내 엄마, 내 형제가 가장 소중하건만 옆에 있을 땐 알 수 없었던 이 공허함을 어찌 말로 다 할 수 있을까. 내 엄마이기에 내 피붙이기에 내 형제이기에 내 모든 게 다 받아들여질 것이라는 착오를 평생 하고 살아간다.

장사를 치르고 난 뒤에야 엄마가 가시는 길에 내게 들렀다는 생각이 들었다. 꿈을 꾸는 그 시간이 엄마가 숨을 거두었던 시간이라고 했다. 막내인 내가 못내 아쉬워 엄만 떠나는 그 시간까지도 날 놓지 못하고 애써 내가 이사한 곳으로 왔다 간 것이다. 언니들도 그 말을 듣고는 '그래 그랬나보다', 그리곤 또 서럽게 울 뿐이었다.

처음 보는 주검이었다. 무서움과 두려움으로 그 자리에 오래 머물 수가 없었다. 집으로 도망치다시피 달려온 아이는 오랫동안 이불을 뒤집어쓴 채 울먹거리기만 했다. 체구가 큰 아저씨의 발이 밖으로 나와 브이를 그리고 있었다. 어제 아이가 가져다준 김치와 솥 안의 밥이 나뒹굴어져 있다.

"에구 그거바라, 뭐땀시 마누라 애먹이가꼬 저래 죽노"

"객사하면 집으로 못 데꼬 간다아이가"

"지 마누란들 데꼬 가겠나"

처음으로 들어본 아저씨에 대한 뒷말이었다. 아저씨가 이 집으로 오게 된 경위에 대해선 아는 바가 없었다. 아이의 집 뒤 자그마한 초가집은 지붕이 온통 짚으로 둘러싸여 있고 방 한 칸과 한 사람이 앉으면 더 앉을 곳이 없는 부엌이 전부인 집이다. 집 뒤엔 흙으로 된 작은 웅덩이가 있어 아마 화장실로 쓰는 듯했다. 약간은 큰 듯한 마당과 아주 조그만 초가집이 둥글게 자리를 잡아 하늘에서 내려다보면 마치 무덤 하나가 덩그러니 놓여있는 듯했다.

그 집은 아무도 살지 않았다. 어느 날 그 집에 아저씨가 왔고 지팡이를 짚으며 아주 가끔 바깥에 나와 절뚝거리며 걷는 모습이 보였다. 아저씨는 늘 혼자였다. 아무도 찾아오지 않는 그 초가집은 보는 것만으로도 을씨년스러웠고 적막해 보였다.

처음 아저씨를 본 순간 아저씨는 아이를 보며 싱긋 웃었다. 그 후로 아이는 아저씨의 말 없는 친구가 되어 주었다. 아이는 예전에 한 번도 본 적 없는 아저씨가 아주 많이 낯이 익은 듯하여 아저씨를 유심히 쳐다보기도 했으며, 아저씨의 건강했을 때의 모습을 상상해 보기도 했다. 잘생긴 얼굴, 우람한 체격과 또한 경제적으로 재력이 있어 보이는 얼굴이 스쳐 지나갔다. 싱긋 웃어주던 아저씨에게 연민을 느꼈는지 아이는 자주 아저씨 집에 들르곤 했다. 혼자 밥을 먹는 아저씨에게 김치와 집에 있는 반찬을 챙겨다 주기도 했다. 그럴 때면 아저씬 고마운지 무슨 말을 하곤 했지만 아이는 제대로 알아듣지 못했다. 몸의 절반을 움직이지 못하는 아저씨는 입도 조금 옆으로 비뚤어져 있어 발음이 자꾸만 새곤 했기에 알아들을 순 없지만 느낌으로 그냥 고개만 끄덕였다. 무슨 말인지, 누구를 말하는 건지 알 수는 없었지만 아저씬 말했고 아이는 듣고 있었다. 아저씨가 심심할 것 같아서 아이는 학교를 파하고 집으로 돌아오면 아저씨 집으로 달려가 밥은 먹었는지 이것저것 챙기기 시작했다. 혼자 가기가 멋쩍어 동네 친구들에게 아저씨 집에 같이 가자고 하면 친구들은 고개를 흔들었다.

"그 아저씨 나쁜 사람이라더라"

"그래 바람 억수로 피웠다카더라"

"그래가꼬 마누라도 안오고 아-들도 안 온다카더라"

"그래 함 바바라 반 빙신아이가, 손발도 다 못쓴다아이가"

친구들이 말하는 바람을 아이는 몰랐다. 그러나 아저씨에 대해 잘못 알고 있는 친구들이 미웠다. 아이를 대하는 아저씨는 늘 싱긋거리기만 했는데, 말없이 웃음 지었던 아저씨가 안쓰러웠다. 아이를 쳐다보는 아저씨는 아저씨의 집을 방문하는 유일한 친구로서 아이를 기다리기도 하는 것 같았다. 어느 날 아저씨는 한쪽 손으로 방을 닦고 있었다.

"어, 아저씨 청소하네! 난 못하는 줄 알았는데"

아저씨는 싱긋 웃으며 손짓으로 들어오라고 했다. 깨끗하게 청소했으니 들어와도 된다고 하는 것 같았다. 그러고 보니 아이는 아저씨 방에 한 번도 들어가지 않았다. 아저씬 방이 더러워서 아이가 들어오지 않는 것으로 여겼던 것일까. 조금은 미안한 마음이 들긴 했지만, 그날도 아이는 들어가지 않았다. 어쩐지 방에 들어가는 것이 망설여졌다. 그러나 아저씬 또 싱긋 웃었다, 아이도 웃었다.

아저씨는 먼 곳으로 갔다. 아내도 있고, 두 딸의 아버지였다. 아내도 아이들도 남편과 아버지를 거의 찾지 않았다. 아픈 아버지와 남편을 저리도 외진 곳에 홀로 버려두었는지, 그들의 매정함에 눈살이 찌푸려졌다. 아저씨는 한겨울에 미끄러운 바닥을 짚고 흙 웅덩이로 절뚝거리며 변을 보러 가다가 넘어졌다. 그리곤 오랫동안 일어서지 못해 몸이 언 채로 죽었다. 아무도 오지 않는 집에서 아저씨는 외마디 소리도 지르지 못한 채 죽어갔다. 어제까지도 한쪽 입으로 웃으며 반겨주던 아저씨를 아이는 떠올렸다. 얼마간의 시간이 지난 뒤 그 초가집은 다시금 아무도 살지 않는 집이 되었고 오랫동안 빈집인 채 사라져 갔다.

미궁

담배를 피우기 위해 라이터를 찾는다. 여기저기를 헤매다 결국에는 가스레인지에 불을 붙인다. 그녀의 시선은 일정치 않다. 허공이라도 잡을 듯 모호한 눈빛으로 고정된 자리에 고정된 시선으로 앉아 있다.

언젠가부터 그녀를 덮어버린 마술의 연기는 해가 거듭될수록 사그라질 줄 모르고 점점 피부 깊숙이 스며들어 그녀를 파헤치고 있다. 가끔 언어로 인한 자학을 서슴지 않는 그녀는 거기에 매몰되어 무너져 내려가고 머릿속의 불안한 예감은 그녀를 침체의 늪으로 빨아들이고 있다. 오늘도 이를 닦으며 숫자를 센다. 그녀가 정해놓은 곳곳의 숫자는 흔들리지 않는다. 이렇듯 모든 행위에 숫자를 매긴다. 조금이라도 모자라게 숫자를 세었다면 다시 되짚으며 숫자를 채운다. 마치 무언가 잘못되면 큰이라도 닥칠 것 같은 심한 주술에 걸려 남편을 기다리고 있다.

그녀의 남편이 떠난 지 8년이란 시간이 흘렀다. 한밤중 그녀가 고속도로를 운행하며 집으로 향하던 중 뒤에서 오던 트럭이 그녀의 남편을 죽음으로 몰고 갔다. 남편이 그녀와 운전에 관한 약간의 언쟁을 치르고는 조수석에서 뒷자리로 자리를 막 옮긴 뒤였다. 그녀도 의식을 잃어 아무것도 알지 못했으나 한 사람의 인생을 죽음으로 몰아넣었던 그 엄청난 사고로도 그녀는 다시금 아이들에게로 돌아왔다. 뒤에 앉아 있던 남편이 무의식중 두 손으로 그녀를 감싸 안았다. 두 달쯤 무의식 상태의 병원 생활에서 의식이 돌아왔을 때 남편이 없는 현실은 그녀에게는 꿈이었다. 그녀 앞에 놓인 모든 사실이 마술이길 바라며 그녀는 남편의 저녁을 준비하고 있다.

그녀를 알기 시작한 지가 20여 년이다. 내가 보아온 그녀는 참으로 단아하고 총기가 있으며 매사에 똑 부러지고 다부진 성격이며 자신에게 최고의 가치를 가지며 살았다. 아이 둘을 낳고 다시 시작한 그녀의 공부는 10여 년이 넘는 긴 학문의 연구로 대학에서 학생들을 가르치고 있다. 그녀의 삶은 빛나기 시작했다. 그녀의 남편도 찬사를 보내며 한껏 안아주었다. 그러나 그녀는 남편의 말 없는 후원은 염두에 두지 않았다.

대학에서 글쓰기의 기본을 가르치는 그녀는 강의가 없는 날은 소파에 고정된 모습으로 앉아 있거나 컴퓨터 워드 앞에 고정된 모습으로 앉아 있는 일이 전부이다. 사람을 만나는 일도, 누구와의 대화도 거의 없는 그녀는 말 한마디 하지 않고 하루를 보낸다. 오늘도 그녀의 집으로 향하는 내 발걸음은 무겁다.

경아

    오래전은 아니지만 가끔 너에게 편지도 쓰곤 했는데 지금은 글이 눈에 들어오지 않아 글쓰기도 시원찮아졌나 봐. 미안, 한동안 엄만 엄마가 하는 일인 책과의 씨름으로 우리 딸들과 시간을 많이 보내지 못했어. 그래도 내 큰딸이 나름대로 잘 커 주어서 너무나 고마워. 실은 조금은 걱정했었거든, 어렸을 때부터 자기 일에 관해서는 고집스럽게 주장을 했기에 엄마와의 갈등을 초래하기도 했는데, 지금 생각해 보면 오히려 그런 너의 모습들이 어디에서든 잘 헤쳐 나갈 거라는 든든함에 가슴 뿌듯하단다.

    고등학교 졸업도 하지 않은 즈음부터 사회에 뛰어들어 알바를 시작했지. 걱정은 했지만, 빠른 사회적 경험으로 인해 삶의 지혜를 조금은 깨우친 것 같아 많이 감사해하고 있어. 비록 나와의 갈등도 많았지만, 너에게는 알게 모르게 많은 도움이 되었을 거야. 그래 어떤 경험이든지 위험하지만 않다면 여러 가지 해보는 것도 살아가는 데 도움이 되겠지. 엄만 그런 것조차 두려웠기에 약간의 언쟁으로 서로가 조금씩 상처도 가졌어.

    경아

    엄마들은 자식들에게 무조건적 희생을 하겠지만 난 그런 게 다 사랑의 표현이라고는 생각하진 않아. 엄마의 교육방침이기도 하지만, 내 자식이라도 아닌 것은 아니라고 가르치고 싶었어. 단지 방법의 차이가 너에겐 다르게 보였을 수도 있겠지. 그런데 지금의 우리 큰딸 약간의 방황은 있었지만 빗나가지 않고 누구보다도 열심히 바르게 사는 너에게 얼마나 감사한지, 마찰로 인해 서로가 어색해 있을 때도 언제나 나보다 더 먼저 다가와 엄말 보듬어 주니 그것 역시 너의 큰 장점이지 사랑한다.

내딸아! 이젠 결혼을 운운할 나이가 되었다는 게 엄마는 믿을 수가 없을 만큼 당혹스럽기도 하고 내 곁에서 떠나가면 어쩌나, 그 큰 그리움을 어떻게 감당하나 하는 가슴 시림에 잠 못 들 때도 있단다. 그래도 어쩌니! 어쩜 그렇게 되면 오히려 조금은 안심은 될 거야, 인성을 갖춘 멋있는 남자라면 약하고 여린 내 품보다는 훨씬 큰 보호막이 되어주겠지. 꼭, 너에게 최선을 다하는 인품이 있는 친구를 만나길 바란다.

그리고 경아! 너를 보고 있을 아빠는 너에게 아주 많이 미안해하고 있을 거야. 잘해주지 못한 한스러움과 다정하게 안아주지 못한 자신을 한탄하고 있겠지. 그래 아빨 용서하고 니가 안아주렴. 불쌍하게 짧게 살다 갔잖아. 너희들 크는 모습 보지도 못하고 얼마나 보고 싶어 했을 지 우리가 알잖아.

사랑한다 내딸!!! 그리고 많이 미안하다. 엄마의 잘못된 판단으로 내 큰딸 고생시켜서

경아

언제나 보아도 내 품속에 넣고 다니고 싶은, 지금도 내게는 일곱살 박이 내 새끼야! 태어나면서부터 지금까지 내게 언제나 기쁨만 안겨 다 주었지.

그래도 언젠가는 자연스럽게 내 곁에서 서서히 벗어나겠지, 아쉬움 과 함께 내 딴엔 떠나보내는 연습을 해야지 하면서도 전혀 엄두를 못 내고 있어.

요즘 너와 나의 갈등이 좀처럼 가시질 않고 오래 우리 곁에 머물러 있네. 어쩜 갈등도 때론 필요할 때가 있겠지.

우리 가족에게 세상에서 가장 큰 슬픔이 닥쳤을 때 엄마가 그 힘듦 을 이겨낼 수 있었던 것은 언니와 니가 있었기에 모진 맘으로 견딜 수 있었어. 아빠 역시 엄말 데리고 가지 않고 니네들 곁에 있으라고 날 놓고 갔지. 살아가면서 내내 가슴에 맺혀있어. 엄마는 무의식 속에서 의 아빨 분명히 기억해. 날 데려가라고 했는데 아빤 다음에 같이 가자 며 혼자 비행기에 탑승했어. 그 쓸쓸해하던 모습이 그려질 때마다 엄 만 아빠에게 말한단다. 기다리라고, 아이들 멋지게 키워놓고 아빠에 게 가겠노라고, 그러니 우린 열심히 잘 살아야 해, 아빠가 언제나 우 릴 지켜보고 있을 테니까.

작은 딸아! 우리에게 주어진 이 삶을 한번 멋지게 빛내보자. 그리고, 고맙다 참말로 어찌 그런 참한 생각을 했어. 아빨 보내고 어버이날은 참 많이도 쓸쓸했었는데, 너와 언니의 건강검진 선물은 내겐 황홀이 었어.

사랑하는 내 동생아

 이 슬픔을 어찌 말로 다 하겠노. 널 두고 가야 할 수밖에 없는 내 심정, 이런 엄청난 일을 현실로 마주한 널 두고 가야만 하는, 용서해다오 널 위로하며 니 아픔이 다할 때까지 함께 있어 주지 못해 너무 미안하고 죄스럽다. 동생아, 나는 말이다 앞으로의 내 삶에 확신이 서질 않아 늘 회색빛이고, 암울하고 모든 게 선명하질 않아. 내 영혼의 이 곤고함을 무엇으로 다 형용해 낼 수 있을까, 그래서 너만이라도 내가 바라보기 편한 모습으로 살아주기를 얼마나 간절히 원해왔던지 그런데, 그런데 이런 일이 생기고 말았구나, 예기치 않았다. 그 누구도, 단 한번도 생각해 본 적 없는 이런 일이 우리 앞에 놓이다니, 이 현실 앞에 망연자실한 니 모습 차마 볼 수가 없구나.

 나야 어찌 되든지 나는 나름대로 아픔이건 고통이건 감수해 나갈 수 있어. 내가 겪는 이 힘듦, 지옥 불에 들어와 있는 듯한 삶을 날마다 살아도 내 몫으로 인정하고 받아낼 수 있지만 넌 안돼, 니가 아픈 건 내가 견디기 힘들어, 니가 힘들어하는 건 내가 참아낼 수가 없구나. 제발 부탁이다 사랑하는 내 동생아, 일어서주렴, 씩씩하게 일어서주면 안되겠니. 인내하라는 게 아냐, 감수하라는 게 아냐 아픈 건 아픈거지, 아파해도 돼, 하지만 서서히 아주 조금씩이라도 그 아픔 위에 초연히 일어서주면 좋겠구나. 지금 이 현실을 외면하려 하지 말자, 두 눈 똑바로 뜨고 바라보렴, 니가 알지는 못했지만 니 운명에, 니 인생에 느닷없이 정서방이 나타났던 것처럼 홀연히 가버리는 것 또한 이미 예정되어 있었다고 한다면, 이승에서의 인연이 이것으로 다이겠구나 한다면 또 다른 세상에서의 만남도 기대할 수 있지 않을까. 니 몸에, 니 마음에 언제나 정서방은 함께 할 것이고 살아있을 거야. 함께 했던 지난날처럼 가끔씩 투정도 부리고, 사랑하고 그리워하며 가까이 있는 것처럼 그렇게 그렇게 초연히 살아갈 수 있었으면 좋겠다. 아파하지 않고 그리워할 수 있는 그런...... 또한 너에겐 분명하고 아주 확실히 살아야 할 이유가 있어. 그 분명한 이유로 인해 넌 일어서야 하고 그 이유가 존재하는 한 너 역시 존재해야지.

한번도 내게 호의적이질 않았던 삶, 사십여 년의 지난 시간 그 우여곡절의 여정은 앞으로 남은 내 생애도 결코 녹록하지는 않겠지. 하지만 지쳐 쓰러질 때까지 내 몫의 아픔은 고스란히 받아내야겠지. 내 영혼이 다 닳아 소멸할 때까지 산다는 게, 살아가야 한다는 게 너무 많이 아파 그래서 더 슬프고, 그러나 언젠가 우리가 할머니가 되었을 때 그때는 이 아픔을 얘기하며 웃을 수 있을까.

널 너무 많이 사랑하는 나이기에 내 아픔은 니게 만큼은 숨기고 싶었어. 그저 니 앞에선 만병통치약 언니이고만 싶었거든. 사랑하는 내 동생아, 넌 언제나 자랑스러운 내 동생이고 사랑스런 내 동생이지. 힘이 되어 주지 못하고 위로가 되어 주지 못해 미안하구나. 난 이것밖에 안되었나보다. 이다음에 아주 이다음에 얘기하자. 사랑한다 언제나 하루빨리 상큼하고 예쁜 내 동생의 모습으로 돌아오길 기다리마.

조카야

 너는, 너는 말이다 내 가장 사랑하는 동생의 딸이라는 것만으로, 내 동생이 살아야 할 분명한 이유가 너라는 것만으로 내게 아주 특별한 존재이다. 그러므로 특별한 관심과 애정과 기대를 해도 무리는 아니겠지. 허나 너에게 기대만을 가지진 않아, 그 이상의 애정과 사랑을 함께 가지고 있어. 경아! 생각해보자 아주 곰곰이, 그리고 천천히 깊게, 엄마의 아픔, 힘듦과 상실감, 평생 같이 해줄 줄 알았던 아빠의 부재, 소속감을 잃어버린 허전함, 그래서 함께 있을 때의 그 필요 가치, 그 존재가치를 제대로 인지할 수 없었던 그래서 더 많이 아픈 엄마, 아빠를 잃은 그 깊은 슬픔은 삶의 방향감각조차 잃어버리게 했고 인정하고 싶지 않은, 도무지 믿기지 않는 이 현실 앞에 스스로 그냥 문 닫아걸고 얼마나 숨어버리고 싶었을까! 엄마의 하늘이 무너지는 순간 이제 혼자라는 생각에 얼마나 공포스러웠을까! 외로움과 두려움에 떨었어야 했을 너희를 홀로 키워내야 한다는 막막함, 아빠 없는 세상에 맞서 살아가야 하는, 엄마의 하늘이 아빠였다는 것을 자각하는 순간 느꼈을 땅이 꺼지는 듯한 아득했을 순간들에 가여워서 견딜 수가 없구나.
 어느 날 갑자기 세상은 엄마를 배신하고 그리고도 아무 일 없는 듯, 전혀 무관하게 여전히 해는 잘도 뜨고 잘도 지고, 이 무심한 세상 한 자락에 어디다 의지하며 살아가야 할까. 하늘 없는 이 허허벌판의 땅, 이 칠흑 같은 암흑 속에서 엄마는 무엇을 보며 무엇에 의미를 두고, 목적을 가지고, 이유를 대며 살아갈 수 있을까! 넌 니 엄마가 아빠 없이도 살아야 할 이유를 생각해본다면 그건 과연 무어라고 생각하니! 무엇이 엄마 삶의 목적이고 이유가 되고 의미가 될 수 있을까! 니가, 너희가 삶의 목적이나 이유가 되었다면 물론 그전에도 그랬겠지만, 지금은 그것이 너무도 분명하고 확실한 이유가 되고 일어서게 하는 지팡이가 되었다면 이 세상에서 엄마에게 가장 소중한 것이 무엇일까, 무엇이 엄마를 이 암흑같이 어두운 세상에, 미래를 알 수 없고 한시도 마음 놓을 수 없는 이 전쟁터 같은 땅 위를, 세상을 걷게 할 수 있을까.

경아! 조금만, 아주 조금만 나를 비워내자, 그 자리에 엄마를 채우고 동생을 채워보자. 내가 하고 싶은 거, 하기 싫은 거, 가지고 싶은 거, 갖고 싶지 않은 것을 조금만 참아보면 어떨까. 무엇이 가장 우선되어야 하는지 순간순간마다 한 번씩 생각하며 살아가면 어떨까.

아직은 어린 너인데, 니가 겪는 이 아픔도 결코 작은 건 아닐 텐데 너무 무거운 짐은 아닌지, 하지만 달라진 현실 앞엔 달라진 새로운 각오와 결심이 필요하고 나아가서는 사고의 전환점이 되는 작은 계기가 된다면 얼마나 좋을까. 아빠의 빈자리는 너희의 더욱 단단하고 견고해진 결속감으로 채워나갈 수 있으리라 믿어.

엄마의 심정을 조금이라도 알아준다면 정말 좋겠다. 넌 삶의 목적이나 이유가 엄마이진 않겠지만 분명히 엄마는 너희들이 삶의 이유고, 의미고 목적임을 명심한다오. 니 피 속에 니 살 속에 니 육신의 근원이었던 아빠는 항상 살아 있지 않을까. 평범하지만 결코 속되지 않은, 많은 사람들 속에서도 구분이 되는 조금은 도도해도 좋고, 조금은 건방져도 좋은 그러나 충분히 이유를 가지는 똑똑하고 현명한, 더불어 우아한 우리 경이가 되어주었으면 너무 고맙겠다. 사랑한다 내 조카야!

조카야

　어린 너에게, 아직은 엄마 아빠에게 응석부리고 투정부릴 어린 너에게 세상은 참 빨리도 슬픔을 알게 해버렸구나. 허나 우리 경이, 마냥 슬퍼하지만 않을 테지, 엄마를 위로하는 착하고 야무진 딸이니까. 아빠 잊어버리지 마, 그러면 아빠가 많이 속상해할 거야. 참하게 이쁘게 지금처럼만 잘 자라다오. 경이가 가야 할 세상 길은 드넓고 또 희망차니까 씩씩하게 세상을 향해 나아가라. 이다음에 우리 경이 참말로 세상이 놀랄만한, 그래서 하늘에 있는 아빠도 깜짝 놀랄만한 장한 인물이 되어줄 수 있을까. 이모가 항상 지켜볼게, 싸랑해 내 조카야!